Ils veulent tuer la Presse,

La Presse les tuera!

Imprimerie de Marie Escudier,
rue St-Rome, nᵒ 26.

ILS VEULENT TUER LA PRESSE,

LA PRESSE LES TUERA !

Dieu reste calme et fait son œuvre.

VICTOR HUGO.

PARIS,	TOULOUSE,
Librairie de PAULIN,	Librairie de Marie ESCUDIER,
Rue de Seine, 33.	Rue Saint-Rome, 26.

Septembre 1835.

AVANT-PROPOS.

Au moment où la plupart des Feuilles indépendantes de la province meurent sous les coups de la loi qui étouffe la presse, les Éditeurs de cette Brochure ont voulu rendre un témoignage à la sainte cause de la liberté, en publiant la pensée consolante d'un écrivain qui, dans le triomphe même de la réaction, cherche à découvrir les germes d'un progrès futur, et l'aurore d'un jour meilleur.

Toulouse,   septembre 1835.

Vous souvient-il des luttes opiniâtres, achar-
nées, unanimes, soutenues sur tous le points du
territoire contre les derniers ministres de la restauration ? Quelle véhémence dans la polémique !
quelle popularité pour la presse ! quel zèle dans
les élections ! quel enthousiasme pour les moin-
dres héros de l'opposition ! quelle susceptibilité
chatouilleuse en tout ce qui touchait les libertés
nationales !

Et quand ils voulurent furtivement sortir de la charte, sous prétexte d'y faire rentrer leurs adversaires; quand parurent les fameuses ordonnances, vous souvient-il quelle étincelle électrique embrasa d'un bout du pays à l'autre le ressentiment populaire? Comment trois jours d'héroïsme réalisèrent quinze ans d'opposition? quelle acclamation salua le retour des glorieuses couleurs? quel enivrement de liberté victorieuse fit palpiter les poitrines? quelle joie profonde et fière anima le peuple levé comme un seul homme? quel élan pacifique et généreux nous porta tous vers l'avenir?

Tout cela se passait il y a cinq ans!

Et aujoud'hui voici le langage que du haut de la tribune nationale, en face de la France et de l'Europe attentive, les ministres de la royauté de juillet sont venus tenir aux représentans du pays:

« Nous avons vaincu nos ennemis dans la rue et dans le prétoire; l'émeute est morte, et le feu de la sédition éteint; le sang des factieux rougit encore les baïonnettes de nos soldats; les chefs du parti républicain sont dans l'exil ou dans la prison: — et cependant commencées dans les rues, poursuivies dans les maisons, continuées devant une juridiction exceptionnelle, nos représailles sont loin encore d'être complètes. La société fermente; le désordre moral est à son comble : le présent est gros de l'avenir, il faut qu'il avorte, s'il est possible. Si vous ne venez à notre aide, nous désespérons de la chose publique et le gouvernement nous devient impossible.

» Les libertés que durant quinze ans nous avons réclamées à grands cris, nous tenons désormais pour immorale et pour impossible l'obligation de les respecter !

» Les garanties, dont nous avions avec votre aide environné les droits et la sécurité du peuple, nous les sentons périlleuses et anarchiques depuis qu'elles gênent nos volontés et nos desseins !

» Personne n'a plus chaudement que nous défendu l'institution du jury. — Nous nous proposons de l'affaiblir, de la dénaturer !

» Avec tous les publicistes nous avions toujours demandé, au nom des prévenus, la stricte observation des formes nécessaires à les protéger contre les erreurs possibles d'une justice faillible : — désormais nous trouvons la justice trop lente à frapper, et nous craignons moins d'atteindre l'innocent que d'épargner le coupable !

» Plus hardiment que personne nous avons usé de la liberté de la presse ; nous nous sommes faits ses champions zélés et ses défenseurs *quand même* ; aujourd'hui nous vous proposons de la bâillonner.

» Naguère encore nous réclamions l'adoucisse-
ment d'une pénalité trop rigoureuse pour nos
mœurs; à l'heure qu'il est nous la trouvons trop
douce et nous vous proposons d'inventer de
nouveaux supplices :

1° Enlever à l'accusé une partie des garanties
que la loi lui accorde;

2° Ruiner l'institution du jury;

3° Escamoter, malgré la formelle disposition
de la charte, une aggravation de pénalité;

4° Tuer directement les journaux qui nous
sont hostiles et garrotter les autres de manière
à nous réserver le droit absolu de limiter à volonté
l'émission de la pensée nationale;

5° Ressusciter pour les théâtres et pour les
dessins la censure que nous appliquerons plus
tard, s'il est nécessaire, à la presse elle-même.

» Voilà le but des trois lois que nous vous ap-
portons : l'exposé des motifs peut se réduire à
ces paroles de l'un de nous :

— » la France ne sera heureuse et progressive
que lorsqu'il n'y aura plus de libre que nous
et nos amis ; nous mettons la PEUR à l'ordre du
jour : pleins de respect pour la charte nous n'en
sortirons qu'au moment où sa violation nous
paraîtra nécessaire ! » —

Mais ce langage a sans doute révolté la chambre ! la représentation nationale a protesté en
masse ! le ministère n'a point survécu au cynisme

d'un tel langage ! ses membres ont été décrétés d'accusation ! son imprudence a peut-être mis en péril la sécurité du trône lui-même !

Point du tout ! ces lois ont été reçues avec applaudissemens, discutées avec enthousiasme, jugées par beaucoup trop indulgentes ! Si quelques voix ont dignement protesté contre l'apostasie flagrante de leurs auteurs, si des paroles graves et puissantes ont imprimé sur les fronts ministériels le stigmate de la désertion et du parjure, les rumeurs bruyantes de la majorité ont étouffé ces rares accens ! 212 voix sur 284 ont voté la loi sur les cours d'assises ! 224 sur 373, la loi contre le jury, et enfin 226 sur 379, la loi contre la presse !

Mais alors la nation s'est indignée de la prévarication de ses mandataires ! faible dans l'enceinte législative, l'opposition a trouvé au dehors d'unanimes sympathies ! les cafés, les théâtres, les promenades, les cercles ont retenti de murmures ! les philippiques des journaux colportées en tout lieu, commentées par des milliers de voix ont enflammé l'indignation publique ! les scènes agitées de la restauration se sont reproduites ! on a signé des adresses, des pétitions, des protestations ! ce n'est pas la première fois qu'une chambre désavouée par la nation s'est trouvée séparée de la cause et de l'esprit de ses mandataires ! nous nous souvenons de l'accueil qu'en 1827 fit à la loi d'amour la population parisienne ! nous entendons encore les démonstrations bruyantes qui saluèrent le rejet de la loi contre la presse que la pairie *d'alors* refusa de voter !

— Avons-nous vu quelque chose de semblable ?

— Non , rien de semblable ne s'est vu !

A peine les journaux ont-il parlé de quatre ou cinq pétitions qui toutes ensemble n'ont pas réuni deux mille signatures d'ouvriers imprimeurs ! la presse a fait feu contre les lois qui la tuent , mais arrivée seule sur le champ de bataille, elle y est demeurée seule ! la population ne s'est émue nulle part des atteintes portées à ses libertés !

Ses vieilles habitudes d'opposition se sont bien un peu réveillées quand de la bouche de MM. Persil et Broglie est sorti un langage en tout point conforme à celui que parlèrent MM. de Chantelauze et de Peyronnet : mais ces velléités grondeuses se sont vite apaisées, et si la chambre qui, en trois semaines, a voté au pas de course trois lois rétrogrades était soumise à la réélection, il est certain que la plupart de ses membres recevraient du corps électoral mandat de continuer l'œuvre réactionnaire dont ils se sont faits les dociles instrumens !

Aussi, pendant que les ministres se félicitent d'un triomphe qu'ils n'osaient espérer si facile, bien des gens s'épouvantent de l'indifférence avec laquelle la France laisse mutiler ses plus chères

13

libertés ! quelques-uns mesurent douloureusement
à quel degré d'avilissement et de faiblesse il faut
que la nation soit tombée pour applaudir à de
tels excès ! on se demande où s'arrêtera une réaction commencée sous de tels auspices, pour-
suivie avec une telle facilité ? on s'effraie de
l'avenir que ce présent nous annonce, et l'orgie
dans laquelle on laisse les hommes du pouvoir
s'enivrer impunément paraît à beaucoup le symptôme d'une saturnale révolutionnaire !

Pour nous, à Dieu ne plaise que nous partagions
de si douloureux pressentimens et que nous
portions sur la France un jugement aussi rigou-
reux ! Ni les alarmes des amis du progrès, ni
les joies triomphales où se précipitent aveuglé-
ment les amis du ministère, ne nous semblent
fondées et durables ! loin de désespérer du pays,
l'avenir politique que nous lui souhaitons n'a
jamais plus clairement apparu à nos yeux, et
dans ce succès même des doctrines réactionnaires
nous sentons la main favorable et féconde de la
providence !

Depuis que le bras nu du peuple a balayé
en juillet 1830 les derniers vestiges de l'ancien
régime ; depuis qu'en France il n'y a plus de
noblesse ni de clergé, toute la population peut
se classer en deux grandes catégories : — les *Prolétaires* et les *bourgeois*; — les *hommes de loisir* et les
travailleurs. — Personne n'échappe à cette division

rigoureuse, et forcément il faut que chacun se trouve rangé sous l'un ou sous l'autre drapeau. Si les lois présentées par le ministère avaient dû rencontrer une opposition véritable, il fallait donc que cette opposition fût faite ou par la *bourgeoisie* ou par le *prolétariat*.

Mais je vous prie, dans quel intérêt gouverne le ministère? n'est-ce point dans l'intérêt bourgeois? Que représente la Chambre? n'est-ce pas la bourgeoisie? quelle merveille est-ce donc que la bourgeoisie ne s'irrite pas des précautions, même liberticides, par lesquelles on veut fortifier sa domination et consolider son pouvoir?

Qui règne en France depuis cinq ans? la bourgeoisie! et elle règne après avoir long-temps rongé le frein de l'asservissement! elle règne en parvenue! elle règne exclusivement, souverainement! Concentrée dans le présent, craignant l'avenir encore plus que le passé! se fortifiant de son mieux contre un successeur! trouvant fort bon le *statu quo*, parce qu'elle en profite! comment aurait-elle l'ingratitude de quereller ses plus chauds défenseurs? ses gardes du corps? ses satellites? ceux qui n'ont d'intérêt que le sien, et qui en font profession? La bourgeoisie s'irriter contre les trois lois! mais c'est pour elle tout exprès que ces lois sont faites! — On immole la presse, cela est vrai!

mais la presse n'est-elle pas novatrice ? et le changement, quel qu'il soit, n'est-il pas défavorable à la bourgeoisie ? — On mutile le jury, et le jury est bourgeois ! oui, mais comme les individus pris séparément n'ont jamais au même degré les opinions, les passions, l'énergie du corps dont ils font partie, les jurés se laissent aller souvent à trouver innocens ceux que le ministère veut trouver coupables ; et l'espèce d'injure qu'on fait à la bourgeoisie, en se méfiant de ses verdicts, lui est moins sensible que la sécurité qu'on veut assurer à ses intérêts !

Jamais les partis non plus que les individus ne se déterminent que par la réunion de ces deux mobiles : l'*intérêt* et la *générosité* : là où l'un des deux manque, l'hésitation commence et l'inaction suit.

Or, la générosité seule pouvait ici séparer la bourgeoisie du ministère ; car, malgré l'identité fondamentale des intérêts réels, et pour ainsi dire futurs du Prolétariat et de la bourgeoisie, l'opposition présente de leurs prétentions est manifeste.

Le rôle tracé de la bourgeoisie est la halte, la conservation, le maintien de ce qui est : tout ce qu'on peut légitimement exiger d'elle, c'est de ne point faire au progrès une résistance absolue, de l'accepter quand il se montre praticable ; c'est de ne point fermer les yeux au spectacle des misères du peuple, ni les oreilles à ses réclamations.

N'exigeons donc point de la bourgeoisie qu'elle aille au devant du sacrifice qu'on pourra lui demander un jour : ne soyons pas surpris de la nullité de sa résistance aux projets ministériels : la bourgeoisie n'a pas oublié son passé; sa vie politique ne s'est point affaiblie; mais son rôle a changé : elle ne combat plus, elle domine ! elle n'est plus opprimée, elle est maîtresse, voilà tout ! elle se trouve bien et veut demeurer; que les mécontens poussent à l'avenir, elle s'en tient au présent !

Qu'on ne s'y trompe point, ce n'est pas seulement contre l'émeute que le ministère se fait armer ! ce n'est point seulement contre le parti républicain qu'il se fortifie ! ses vues s'étendent plus loin : il connaît mieux l'état de la société : il a sondé plus profondément ses plaies ! le ministère sait aussi bien que personne que les révolutions brutales et sanglantes deviennent impossibles : il sait parfaitement que l'amour de l'ordre domine en France au moins autant que l'amour de la liberté, il l'ignore si peu qu'il en abuse ! mais il sait aussi qu'entre la bourgeoisie et le prolétariat il existe en fait une démarcation d'autant moins durable qu'en droit elle est effacée ! il n'ignore point que la majorité des Français n'a pas encore le libre développement de ses facultés morales, intellectuelles et physiques; que le salaire dont vivent uniquement vingt-trois millions d'hommes est variable et même précaire; que leur enfance est privée souvent des bienfaits de l'éducation, leur âge mûr d'une tutelle bienveillante, leur vieillesse d'un asile hospitalier! il sait de plus que cette fusion complète des deux classes que doit lentement amener la prépondérance croissante du travail sur l'oisiveté, ne se peut accomplir sans la transformation infiniment lente aussi, mais radicale, de la forme sociale!

Il le sait! et il se donne mission d'y mettre obstacle! il se couche obstinément en travers de la route! dans sa crainte de marcher en avant il recule! il aime mieux remonter vers la légitimité du droit de naissance que de marcher vers la domination, seule légitime aujourd'hui, du travail et de la capacité! il ne conçoit pas ou du moins il refuse d'admettre dans sa pratique l'éternelle et nécessaire mobilité que suppose le progrès! il tâche de poser une limite infranchissable à l'esprit d'innovation! il n'est plus à la tête d'une nation, mais d'un parti; il ne gouverne pas, il cabale! la mutilation du jury, l'aggravation de la pénalité, la strangulation de la presse, le rétablissement de la censure pour les dessins et les théâtres, ne sont que les ouvrages avancés de la forteresse dans laquelle il voudrait emprisonner le progrès et la liberté!

Puisque c'est la chaîne du prolétaire qu'on veut river à l'avance, puisque c'est contre lui que sont prises au fond tant de précautions liberticides, c'était au prolétaire, incarnant en lui le sentiment du progrès et l'amour de la liberté, comme la bourgeoisie qui les répudie les avait incarnées en elle avant 1830, à lutter contre les entreprises rétrogrades du pouvoir.

Mais le prolétariat aussi a gardé le silence, preuve manifeste que le jour de son affranchissement n'est pas encore venu !

C'est que le prolétaire n'est pas encore assez libre pour achever de rompre ses fers ! le prolétaire ne sent guère encore que les douleurs de la misère physique ; il n'a qu'une obscure et vague conscience de ses misères morales et de sa dignité d'homme et de citoyen ! Jusqu'ici le prolétariat n'a joué dans les évolutions sociales qu'un rôle secondaire ; il ne s'est levé qu'au signal de la bourgeoisie ; son sang n'a guère coulé que pour elle ; il n'a triomphé qu'au bruit de ses applaudissemens : il lui faut encore du temps pour s'habituer à sa position nouvelle, pour comprendre que désormais il entrera dans la carrière pour son compte, pour ses intérêts personnels ; que le progrès social long-temps représenté par la bourgeoisie, doit l'être désormais par lui, et que la colonne lumineuse qu'envoie la providence pour guide à ses enfans va dorénavant jeter sa lumière dans ses ténèbres !

Ajoutez que le prolétaire ignore presque entièrement les seules voies par lesquelles il puisse sûrement marcher à la liberté! quel enseignement lui a-t-on fait jusqu'ici, sinon de haine et de fureur? que lui a-t-on prêché, sinon la violence et la brutalité? que lui a-t-on fait connaître de l'association, sinon la puissance qu'elle donne de démolir et de tuer? qui lui a jamais parlé la langue de l'émancipation pacifique et de l'association productrice? qui lui a jamais ouvert les routes du travail, de la paix, de la patience?

Bref, le parti politique des prolétaires n'est pas encore constitué : c'est à peine si dans quelques villes populeuses et progressives, ses rudimens épars se lient et se fortifient. Aussi tous les efforts tentés depuis cinq ans au nom des prolétaires, n'ont été que de sanglantes et stériles convulsions : chaque fois le poids qu'ils ont voulu soulever est retombé plus lourd sur leurs épaules fracassées !

Voilà pourquoi en face des lois rétrogrades que la bourgeoisie a laissé faire dans son intérêt, le prolétaire impuissant est demeuré, lui aussi, sans voix et sans geste.

Si la bourgeoisie abdique définitivement son rôle progressif pour s'en tenir à la mission exclusive de conserver ce qui est ;

Si la phalange nombreuse des prolétaires n'est pas encore prête à commencer l'œuvre que la providence lui prépare, que faut-il faire ?

Attendre !

Attendre sans impatience et sans désespoir !

Travailler à féconder le germe politique nouveau !

Discipliner par la paix , par l'instruction, par l'accroissement de l'aisance , par la diffusion plus large des lumières de l'intelligence et des trésors de la moralité, cette grande armée qui n'est point prête pour sa conquête pacifique , dont les chefs isolés se montrent bien de loin en loin, mais dont les rangs ne sont pas encore formés , ni les cadres remplis.

Et grâce à Dieu nous n'attendrons point long-temps !

Dans la route progressive que le doigt de Dieu leur trace , les nations ne s'arrêtent jamais ! quand le rôle d'un peuple ou d'un parti s'achève, le rôle commence du peuple ou du parti qui suit. La bourgeoisie abandonne l'œuvre : le prolétariat la reprend !

Ne déplorez point comme une retraite la halte momentanée de la nation : ne vous laissez point tromper à cette froideur apparente dans laquelle se consomme le triomphe éphémère de la domination bourgeoise. Croyez, en présence d'un symptôme si grave qu'un grand changement s'apprête, et qu'à l'entrée d'une carrière nouvelle la France ne recule point, mais se prépare !

Par une admirable disposition de cette providence que la voix impie d'un ministre incrédule insulte en feignant de l'invoquer, les hommes même les plus actifs à fermer toute issue au progrès, lui font une voie sûre : ceux-là qui travaillent le plus chaudement à l'immobilisation de la forme sociale actuelle, déposent dans les fondemens de leur édifice des germes d'innovation dont la pousse vigoureuse doit radicalement détruire leur ouvrage !

Les prolétaires ne savent point lire ! —M. Guizot organise et dote l'instruction primaire !

Les prolétaires sont pauvres et ne peuvent solder une presse ! —M. Duchatel régularise et fortifie la féconde institution des caisses d'épargne !

Aveugles triomphateurs ! en tuant d'une main la vieille presse, ils jettent de l'autre la semence d'une presse nouvelle !

Voici cinq ans que la bourgeoisie est intronisée ; mais depuis cinq ans la question sociale n'a guère marché : depuis cinq ans, nous n'avons eu au fond que la prolongation de la presse de la restauration. Toutes les discussions n'ont été que ds que relles stériles sur l'application bien ou mal faite des doctrines de l'opposition de quinze ans ; chacun s'est prétendu légitime successeur du vieux libéralisme, Républicains, juste-milieu, légitimistes même, tout le monde a vidé son vieux carquois ; une presse vraiment fille de la dernière révolution est encore à naître !

La presse que le ministère tue et bâillonne, n'est donc point celle qui renversera son système : la presse qui se fera l'instrument de l'affranchissement du prolétaire, qui constituera un parti politique nouveau, qui sortira pour n'y plus rentrer des ambages de la politique des quinze ans, qui parlera un langage nouveau, tout ensemble conciliant et hardi, radical et pacifique, cette presse n'est pas née, car elle devait sortir de la ruine de son aînée !

Le jour de sa naissance approche donc ! l'ancienne presse rabâchait ; elle était moins lue : mauvaises épreuves d'un type vieilli, les journaux pullulaient ; ils se nuisaient par leur multitude ; le journalisme était devenu science facile, métier vulgaire. La presse va donc gagner en force, en vitalité, en puissance, à la mutilation barbare qu'on lui fait subir. Le premier moment de crise passé, elle va concentrer ses forces, condenser ses phalanges éparpillées, mettre à la réforme ses invalides et ses poltrons ! Vos lois iniques lui ferment toutes les voies que depuis quinze ans elle était habituée à parcourir ; vous l'emprisonnez dans un cercle infranchissable, vous lui murez toute issue ! Elle fouillera le sol, elle débordera, elle fuira par mille souterrains, elle renversera vos digues impuissantes.

Quand la bourgeoisie voulut renverser la no-

blesse et le clergé, elle fit et paya une presse bourgeoise.

La bourgeoisie domine aujourd'hui : c'est donc
au prolétariat à fonder sa presse. Or, la presse
prolétaire prendra des proportions colossales ; elle
fera battre des millions de cœurs, penser des millions de têtes, contribuer des millions de bourses,
agir des millions d'hommes.

Grâce aux meurtrières dispositions votées par
les chambres, en beaucoup de lieux la presse in-
dépendante à 80 fr. par an n'est plus viable ; il
faut donc ou se passer de presse, ou en constituer
une dont la robuste constitution vive sans peine
dans la rude et sauvage atmosphère que l'on fait
à la pensée humaine.

Prenons patience ! elle naîtra, cette presse nouvelle ! laissez seulement les enfans de douze ans
apprendre à lire, et les hommes de vingt-cinq
déposer à la caisse d'épargne.

Il y a, en France, vingt millions d'hommes qui
ne savent point ce qu'est un journal, parce que
les journaux n'ont point su ce qu'était un prolétaire. Quand les journaux travailleront à leur émancipation, plaideront leur cause, défendront leurs
intérêts, ces vingt millions d'hommes liront et
paieront les journaux !

Ainsi donc, nous qui ne croyons pas à l'émeute,
à la violence, à la force brutale, la puissance d'a-
méliorer le sort de la classe nombreuse ! Nous qui

sommes persuadés que la liberté et l'affranchissement sont désormais au prix de la patience, du
travail, et avant tout de l'association ! Nous qui
croyons que le temps approche où le prolétariat
va constituer un parti nouveau, nous pardonnons
aux ministres et la violence des réactions furieuses
où ils se précipitent, et l'orgueil insultant de leur
triomphe !

Ils ne savent point, les aveugles, quel rôle est
le leur, ni pour quelle mission le pouvoir de la
force est remis entre leurs mains ! Ils vont, ils
vont, ils vont toujours, pareils à ce vieillard de La
Bruyère qui calcule, en toussant déjà, la durée du
monument qu'il fait construire !

Pendant qu'ils se félicitent de leur habileté sta-
tionnaire, pendant qu'ils se glorifient d'avoir sa-
vamment et puissamment enrayé le char, la France,
grâce à leurs barbares inventions, grâce à leur zèle
rétrograde, se trouve placée de leurs propres
mains à l'entrée de la voie de progrès la plus
large qu'elle ait encore parcourue !

FIN.

9 782014 056747